CQ《シーキュー》 I《アイ》 CQ《シーキュー》

近藤洋太
KONDO Yota

思潮社

CQ I CQ

近藤洋太

思潮社

目次

装幀　佐々木陽介

CQ I CQ

動植物一切精霊

東日本大震災から三年目の十一月三十日午前十一時五十七分
やまびこ57号でＪＲ郡山駅着
中央口改札で待ち合わせたＢ君と合流
Ｂ君は車のシートベルトを締め
助手席のわたしにもきっちりと締めるように注意して言った
――写真のついている身分証明書、なにかもってきましたね。ん？　パスポートなら大丈夫。それから近藤さんは、僕の従兄ということになっています。津波で亡くなった人を弔いたいということで役場に申請していますからそのつもりで。お花、東京から持ってきてくれたんですか。ありがとうございます。あとでお墓に行きましょう。自然にできた合同のお墓があるんです。
私たちは国道二八八号線を通って双葉町へ向かい　双葉町で国道六号線に入り浪江町へ向かった
――検問はふたつあります。警察の検問、その先に浪江町の検問。警察の検問は、地域の安全を守っているんじゃない。第一原発をテロリストから守るためにやっている。だから身分証明書の提出が必要なんです。原発事故から何十日かはね、混乱していて、浪江町は立入禁止になっていなかった。みんな避難している間に荒らされてね。だから町が検問をやっています。ここは事前に申請書を出していれば、身分証明書はいりません。
午後二時すぎ　常磐線ＪＲ浪江駅着
駅前に町営バスのコスモス号が二台
復興するのだという意志あるものの如く停まっている
ガラス戸ごしにスエットパンツやジャージを売っているのが見え
戸を開ければだれか応対にでてきそうなジーンズショップ
さっき通ってきた道には営業していてもおかしくなさそうなカラオケ館
けれども強い地震の揺れで斜めにかしいだ店　崩壊したままの家も多数

――「死の町」と言って、不謹慎だとメディアにたたかれた国会議員がいたでしょう。でもほんとに死の町なんです、時が止まっちゃったんだよなあ。浪江は、放射線量が高い地域があって復興がずっと遅れてね。やっと先月から、後片付けがはじまったばかりです。まだほとんど手がつけられていないけれど。

海岸のほうへ車を走らせる
空はよく晴れているが風が冷たい
車のなかからなかば枯れた木々だけが突っ立っている一角をみた
海に近く風が強いこの辺りでは木々は防風林の役割を果たしていた
津波で家は流され木々だけが残ったのだ
車を降りて海岸に向って歩いた
冷たい風に乗って不意に頰のあたりを言葉がかすめていった

すべて道行く人よ、
あなたがたはなんとも思わないのか……

畑のなかに漁船が転がっているのをみた
窓がなくなった車が横倒しになっているのをみた
津波が襲った漁業組合の建物の二階にボートが引っかかっているのをみた
建物に赤いテープで×の印がつけられているのをみた
この建物は捜索を完了したという印だ
（かつてテレビで観た黒いスプレーで×の印をつけられた家。あれはボスニア？　だったか。この家は民族浄化を完了した……。）
今度はもっとはっきりと言葉が聞こえてきた

すべて道行く人よ、
あなたがたはなんとも思わないのか。
主がその激しい怒りの日にわたしを悩まして、
わたしにくだされた苦しみのような苦しみが、
また世にあるだろうか、尋ねて見よ。

海岸から直線距離で三百メートルほどのところに立つ請戸《うけど》小学校
地震とそのあとの津波の襲来を受けて、小学校は大きく損壊している
一階のガラス窓はすべて破られ　体育館は床が陥没
日の丸と町章の上「祝　修・卒業証書……」その先は授与式だろうか
この何日かあとに六年生は卒業証書をもらうことになっていたのだろう
校舎のうえにかけられた時計は三時三十八分で停まっている
あれは津波が襲った時刻なのか
B君はわたしを促し　車に戻ってシートベルトを締め　車を動かしながら話しはじめた

——あの時、二年生以上の子供たち七十七人がまだ校舎にいたんです。避難先はあそこの大平山に決めてあった。先生方が迅速に誘導して、ひとりの子供も犠牲にならずにすんだ。先生方を表彰したいという声があるんだけど、そんなのは当たり前だろうという声もある。僕ら子供の頃、津波が来ると聞いたら海岸まで見に行ったものですよ。浪江に大津波が来るなんて誰も思っていなかった。子供が犠牲にならなかったことは、やっぱり先生方のおかげなんですよ。あ　そうでしたね。お墓に行きましょう。みんなが自然に作ったお墓、畑の真ん中にあるんですよ。

お墓は道の四つ辻のきわに道路にはみだす格好であった。
墓石をおおい隠すようにたくさんの花々
ペットボトルの水　お茶　ジュース
日本酒　焼酎
それに観音像　小さなお地蔵さん
十数本の卒塔婆
二本の卒塔婆に私が読みとった文字
東日本大震災殉難者一切精霊
東電原発事故被災犠牲動植物一切精霊

わたしにくだされた苦しみのような苦しみが、
また世にあるだろうか
わたしにくだされた苦しみのような苦しみが、
また世にあるだろうか

地震が起き津波が襲い原発事故が起こった
助けられるいのちを助けられなかった
地震が起き津波が襲い原発事故が起こった
人間だけではなく　大地に生きる生物も被災した

わたしにくだされた苦しみのような苦しみが……
わたしにくだされた苦しみのような苦しみが……

つぎからつぎへ湧いてくる地霊の声
枯れたセイタカアワダチソウの群生
この大地のずっと向こうまで被災した
わたしは立ち尽くして地霊の声を聞いていた

註　二〇一二年八月、第六十六回福島県合唱コンクールで「相双地区」から唯一エントリーした南相馬市立小高《おだか》中学校合唱部は「エレミアの哀歌」（ランダル・ストゥループ作編曲）を歌った。本文中、旧約聖書「哀歌」（口語訳）から引用した箇所がある。

——北原白秋は福岡の柳川に育った。君も同じ筑後の久留米の出身だったね。

——そう、柳川まで西鉄電車なら二十分くらいで着いてしまう。小さい頃からよく知っている町だよ。

——白秋はあちらでは偉大な詩人だったんだろうね。

——僕が中学校に入ったころは、まだ亡くなって二十年くらいだから、今よりはずっと人々の記憶に残っていたと思う。ただ高校生になって詩のようなものを書きはじめるころになると、かえって郷里の大詩人というものはうとましくなる。あとで読み返してみて、白秋の詩の肉感的なところはすごいなあと思ったけれども。

——白秋は詩集『思ひ出』の冒頭「わが生ひ立ち」のなかで、ゴンシャン（良家の娘）の

「九州には珍しいほど京都風」な、やわらかみのある語韻を語っているね。柳川はやっぱり他とは違うのかな。

――僕が知っていた何人かの柳川の女性の言葉は、京都風かどうかは別として久留米に比べると穏やかだったね。

――白秋が使うゴンシャンやトンカジョン（大きい坊ちゃん。弟＝チンカジョン、小さい坊っちゃんと比較していう）という方言は、柳川独特のものなのかな。

――独特のものだね。柳川では、お嬢さんのことをオゴという。御御料人《おごりょう》からきているんだけれど、さらにそこからゴンシャンという言葉が生まれたらしい。トンカジョンのほうは、柳川では殿様をトンサンと言ったけれど、それと関わるのではないかという説がある。ジョンはよい坊やという意味で、久留米でも使う。ただジョンジョンと言うと、どこか馬鹿にした感じになるかな。

――『思ひ出』に「曼珠沙華」という詩があるね。こんな書き出しの。

GONSHAN.GONSHAN.何処へゆく。
赤い、御墓《おはか》の曼珠沙華《ひがんばな》

曼珠沙華、

けふも手折りに来たわいな

ゴンシャンとは、ふつう未婚の女性をさすのじゃないかと思うんだけど、彼女には堕ろさなければならなかった、生まれていれば七つになる児がいた。だから供養しようと花を摘んでも、あとからあとから花が開く。そんな解釈をしてしまう、なにか不穏な詩なんだな。この詩の内容はそのままで、童謡集『トンボの眼玉』にも入っている。僕は道徳的なことを言っているんじゃない。白秋が訳した『まざあ・ぐうす』にも、不気味で残酷な詩はいくらでもある。けれども……。

——なんかゴンシャンが不憫だよな。それが白秋の力だとしても。

——不憫だ。君だったらどんなゴンシャンを書くかな。

——ん？

——悲しい思いをしたからといって、もっとたくましく勁いゴンシャンがいてもいいだろう。白秋さんに失礼だとか、そういうエクスキューズはいらないよ。どんなゴンシャンを描くんだい。君だったら。

——うーん、考えてみるよ。

GONSHAN.GONSHAN. どこ行くろ。
歯医者の家の TONKAJOHN
TONKAJOHN
ひとこと文句つけに行く。

GONSHAN.GONSHAN. 何故《なし》もどる。
心変わりはひとの常
ひとの常
あんげな男くれてやる。

GONSHAN.GONSHAN. 何故泣くろ。
泣いとらんもん日照雨
日照雨

頬に雨粒ついただけ。

GONSHAN.GONSHAN. まだ行くろ。
あぜの向こうの水ぐるま
水ぐるま
あげな力のほしかけん。

GONSHAN.GONSHAN. もう帰ろ。
潟《がた》の向こうの海の果て
海の果て
も少し見たか見ときたか。

GONSHAN.GONSHAN. また泣くろ。
泣かしてほしか今日だけは
今日だけは

明日になればもとの顔。
あの馬鹿たれのJOHNJOHNは
女狂いで死ねばよい。
女狂いで死ねばよい。
ホンニホンニ……

再見考

八月の終わり
わたしは日中文化交流協会からの訪中団の一員として上海にいた
二日間わたしたちは上海の作家や詩人たちと懇談　懇親の機会をもった
そのこととはまったく別の関心事
「上海バンスキング」で観た中国のジャズシーンは今どうなっているのか
二日目の懇親会のあと　通訳の人が外灘《ワイタン》の夜景を見に連れて行ってくれた
近くのホテルにジャズバーがあると聞いてひとりで入ってみた
演奏自体はウーンというものだった
（そりゃあそうだ。「上海バンスキング」が今も進化し続けているなんて無理）

（人口二四〇〇万人の上海には、わたしが知らない音楽が発展しているはず）
そんなことをぶつぶつ思っていると
二ステージ目がはじまって女性歌手が登場した
私の知っている「夜来香《イエライシャン》」はじめ何曲かを彼女は歌った
けれどもマイクが時々ハウリングを起こすのだ
（ハウリングがひどいリゾートセンターの宴会場で、「浪花節だよ人生は」を笑顔を絶やさず歌うこまどり姉妹の映像をなぜだか思い出した）
女性歌手はスタッフにハウリングをなおしてほしいと言っているらしかった
小声だが苛々した声で
歌い終わった彼女は　観客に「謝謝《シェシェ》」と言い「再見《ザイチェン》」と言ってステージを降りた
中国で「再見」は何度も何度も聞いた
けれどもその女性歌手の「再見」のひと言は忘れられない
言葉の背後のヒューンという哀切な響きがまだ耳に残っているようで
今日は調子が悪くてごめんなさい　またお会いしましょうね
ダブルのウィスキーの三杯目を頼んでいくらか酩酊した頭で思った

「冬のソナタ」のチェジウ扮するユジンが「安寧《アンニョン》」と言うときの響き
「アンニョンハセヨ」という出会いの挨拶はいつも元気なのに
肩を落として言う「安寧」はさびしい
それでも中国語の「再見」には再び見《まみ》えるという希望が
韓国語の「安寧」には、無事で安らかにという祈りの意味が込められている
日本語の「さようなら」は「左様ならばお別れします」に由来している
酩酊した頭は思い出した
太宰治の墓前で自殺した田中英光
彼は絶筆に近い小説「さようなら」の冒頭で書いている
英語では、Good-bye（グッドバイ） つまり God be with you (ye)
神よ汝とともにあれ
フランス語では Au revoir（オールボワール）
ドイツ語では Auf Wiedersehen（アウフヴィーダーゼーエン）
それぞれ再会を期す意味が込められている
しかるに日本語の「さようなら」はなぜ諦めの語感しかもたないのか

于武陵の「勧酒」という五言絶句の詩
その末尾の五言は人生足別離
「足」には多いという意味がある
漢文訓読体では人《ヒト》生キテハ別離足《オオ》シ
井伏鱒二はこれを「サヨナラ」ダケガ人生ダと訳した
いかにも日本人的な意訳のしかただ
翌日の杭州での作家との懇親会の席で　わたしはこの話をしてみた
――「サヨウナラ」ト「再見」ハ……、ウーン、ソレハ感慨深イ話デスネ。
――僕はこれから、手紙の末尾には「再見」と書こうかと思うんですよ。
すると彼女　王旭烽さんは　はっと我に帰ったような顔になり一生懸命制止したのだ
――イケマセン。ソレハダメデス。手紙ノ末尾ハ必ズ「敬具」デス。

魯迅故居

夏の終わりの朝　わたしたちを乗せたマイクロバスは
上海のかつて内山書店のあった中国商工銀行を過ぎ
山陰路に入ってスピードを落とした
魯迅《ロジン》と呼んでみて
(上海出身の若い友人から教えてもらった中国語で) 魯迅《ルーシン》と呼びなおしてみる
これから魯迅の家に行くのだ
ずっと訪ねてみたかった魯迅故居に
道幅十メートルほどの両側から　プラタナスの街路樹が空をおおうように枝葉を伸ばし
ひっきりなしに車が　バイクが　人々が行き来している

（日曜日だからだろうか　日曜日でもだろうか）
ほどなく大陸新村九号　THE CONTINENTAL TERRACE
路地の左右に三階建の建物が並んでいて
両側の建物の窓から直角に突き出た何本もの洗濯物が干された物干竿
二十八年前に来たときも　この物干竿にびっくりした
洗濯物の干しかたにも文化の違いはあるんだと

一九八六年（あの天安門事件の三年前だった）わたしは上海に来た
中国は文化大革命の疲弊から立ち直って　改革開放政策がはじまっていた
この近くの魯迅公園（当時は虹口《ホンキュウ》公園）に行き
毛沢東の筆になる「魯迅先生之墓」を見た
魯迅は中国で大切にされているんだという思いと　毛沢東との結びつきの戸惑い
団体の視察研修旅行だったので
近くまで来ながら魯迅故居を訪ねることができなかった
それでもわたしは岩波書店版の『魯迅選集』全十三巻

竹内好の『魯迅』
それに一九八一年十一月号の「太陽」の特集「書斎の愉しみ」
そのなかの魯迅の住まいを写した一葉の写真があれば充分だった

手前に応接間　開かれたガラス戸を隔てた向こうが食堂
応接間にはテーブルと五脚の椅子
壁に向かって机と椅子　その向こうに背の低い書棚
(その写真のキャプション)
——市井の間にあっては、ときに住まいそのものをひとつの書斎と観ずることも一法であろう。ワンルームの一隅に置かれた書きもの机ひとつで、部屋全体が瞬時のうちに書斎に変じる。

写真に写っていないこちら側に寝室があって
夫人の許広平　愛息周海嬰と三人でこのワンフロアに住んでいた
わたしはずっと魯迅はこのワンフロアに住んでいたと思いこんでいた
この狭いスペースで粘り強く闘っていたのだと

三十年以上にわたって　久しくわたしはそう思いこんでいたのだ

日本租界に建つ三階建の建物は今風にいえばテラスハウス
右手の赤レンガの三階建の建物の奥に魯迅が住んだ家
案内されてなかに入ると一階が「太陽」の写真で見た食堂とリビング
確かにそこに机と椅子があって　そこでも魯迅は机に向かっただろうが
二階にあがると外にむかって窓際に机と椅子があり
左手前にベッド　窓左側に背の低い書棚
(書庫は別に借りていたようだ)
ここが魯迅の本当の書斎兼寝室だったのだ
うーむとうなって　肩すかしを食ったことをさとったが
もちろんがっかりはしない
一九三三年春にここに引っ越してから亡くなる三六年十月までの三年半
彼にこんなにゆったりとした書斎があってよかった

もっとも魯迅はここで安穏に過ごしたのではなかった
若い友人たちは国民党に逮捕され　ひそかに銃殺されていた
彼は外から覗かれないように常に窓を背にして座った
二階の窓には半透明の色紙が貼られていた
魯迅はいつも緊張を強いられながら暮らしていたのだ
信頼できる限られた人間しか自宅に招かなかったが
三階にある客室には危険を冒しても大事な同志をかくまった

魯迅は内山完造の助力を受け　内山書店の店員名義でこの家を借りた
六棟あるテラスハウスの魯迅の家の敷地面積は八〇平方メートル
建物内部の総面積は二二三平方メートル（六七・五坪）
四平方メートルの前庭には　夾竹桃　桃　石榴が植えられた
中国の案内の人の話を聞きながら　ゆっくりと一階から二階へ
二階から三階へと見てまわって　また一階へもどってきた
クーラーが付いていたわけでもないのに　部屋はひんやりとしていた

広々とした部屋に　しばしわたしは佇んでいた
シーツ　タオル　それにおしめもひるがえっている
満艦飾の洗濯物の下をくぐってマイクロバスの待つ表へ
そこでもう一度　路地奥の魯迅の家を振り返った
わたしがずっと訪ねてみたかった魯迅故居を
「太陽」の一葉の写真が　わたしをずっと鼓舞し続けてきた魯迅の書斎を

バスは雑踏のなかをゆるゆるともときた道のほうへ走りだした
魯迅はこの家を安全ではないと思って引っ越そうとしていた
彼が亡くなった翌三七年
日中戦争が勃発してたちまちこの一帯は日本軍が接収した
（許広平の『暗い夜の記録』によれば、のちに彼女は日本軍の憲兵隊に拘束され、オクタ
ニという憲兵に拷問を受けた。）
魯迅は身辺の警戒を怠らなかった
山陰路の路地の隅々まで熟知していた

わたしは目をつぶり
小柄な魯迅が早足で道を横切り
路地に消えてゆくさまを思い描いてみようとした
けれども車のクラクションがうるさくて　うまく像を結べそうになかった
痛打落水狗！
不意になにか怒鳴る声が聞こえてあわてて目を開けた
林語堂はフェアプレイが中国には甚だ少ないから
この精神を大いに奨励しなければならないとして
「水に落ちた犬は打つな」と言ったそうだが
魯迅は時期尚早と考えた
「水に落ちた犬は打て」と彼は言った
上海の友人に「水に落ちた犬は打て」とは中国語でどう言うのか聞いたことがある
友人は即座に答えた
痛打落水狗《トンダロースイコ》
痛打落水狗！　痛打落水狗！

マイクロバスは相変わらずゆるゆると走っていく
ひっきりなしに車が　バイクが　人々が行き来する道を

註　「魯迅故居」を書くにあたって、上海魯迅記念館発行の「上海魯迅故居」を参照した。

南羅鼓巷幻聴

九月のはじめの午前
わたしたちは北京にある南羅鼓巷《ナンロウグゥシャン》を散策していた
南北に伸びる八〇〇メートル足らずの小路
東京でいえばアメ横（うーん……違うな）
珈琲店　靴屋　革製品の店　レストラン　本屋　美容室　土産物店　Tシャツを売る店
古い小路を古いままに新しく　おしゃれにしたようなところといえばよいか

れれれ　くうるう　どうしゃおちぇん　ちゃーさん　ぱんやへ　ふいとうじぇん　おろん
ばん　あそう　けんぷ　うぉしぇんぞうら　らいら　にいはおま　しあん　めいよう　お

たらちゅう　とんやとんや　たた　つたん　たおたお　さん　みえない　らおじあ　のた
うきまく　あたしら　ぷぷぷーつい　いけない　ににょうごしよう　そこまで　ちゃおえ

まわりはみんな中国人　のはずなのに
どこからか日本語　の断片のようなものが聞こえてくるのはなぜだ
わたしたちは同じモンゴロイド
小さいころにはお尻に蒙古斑のあったモンゴロイド
けれども言葉はそれぞれの文法をもち独自の発達を遂げ……
つまりさ　中国語と日本語は違うんだよ

じいふぉわい　うぇい　つついーっぷす　ぶよんじゃおら　うぉーへんはお　おおすらげ
あそう　しぇしぇ　しまおかさん　たあめいらい　たんめんつぁお　とえんてい　ＯＫ？
たあしい　にゅごしょう　らいら　はろー　じぇんふぇい　ね　まいだん　しゃおじぇ
かいよう　つぁんげんつぁお　こんどね　ぱーぱ　にいぜんしゅわい　たたつた　つたん

何度見まわしてもまわりは中国人
わたしはみんなから離れて小路に立ちどまり　中国人の口元をみていた
どうみても彼らの話しているのは中国語
でも目をそらすとどこからか日本語　の断片
それだけなのだろうか
わたしは知らない（知っている？）東アジア語のなかにまぎれこんでしまったようで

ちいしー　のたうきまろう　えってっさもろけ　いいべいかあふぇい　よぼせよ　て　ふ
だんは　ちゃおは　らいちんしゅう　らんうぉあらいば　うぉあやお　おーすらので　お
さやん　いらっしゃい　すいとる　にいまいま　もやいたい　それではね　るろあいかむ
い　とぅむんちかむい　ぶよんせ　こまった　ぶしえ　くくるてぃちにあわし　だんしん

アキバへ

生ぬるい風が吹きすぎてゆく駅前
なぎ倒された違法駐輪の自転車
散乱するダンボール
放置された生ゴミの腐臭
どの店のシャッターも降りていて
遠くにコンビニの灯り
なつかしい　けれどもは隅々まで明るい店内は無人で
売っているのは飲みさしの缶ビール
とっくに消費期限の切れた幕の内弁当

液漏れした単3電池
封の切られたコンドーム
しけった花火
おまえに売るものはなにもない
それは夢　悪い夢
おまえの国にはおまえの居場所がない
それでもおまえはまだ悪い夢の続きをみている
おろおろと真夜中の路地をさまよい
おまえは影のようになってうずくまる
影はやがて立ち上がりゆっくりと移動をはじめる
おまえはおまえの影をただ見送っている

梅雨のはじめの闇の底
おまえはケータイに手を伸ばした
――一人で寝る寂しさはお前らにはわからないだろうな

――ものすごい不安とか、お前らにはわからないだろうな
万力で締めあげるようにおまえを追いつめていったもの
憎しみをこすりつけてやりたいと思ったおまえの衝動
分かりすぎて　だから納得いかないんだよな
――作業場行ったらツナギが無かった／辞めろってか／わかったよ
ひと押しだよ
おまえをアキバへと向かわせるのは
あとほんのひと押しで充分だった
それにしても
――雨の匂いがする／このしっとりした感じ、好き
ネットの言葉にまったくの独白《モノローグ》　なんてことがあるんだろうか
誰に伝えたかったんだい　この言葉
――生まれ変わる
――答えになってないから生まれ変わるは却下ね／はい　次
世界を拒むまえに

世界から拒まれていた　そう言いたかったんだろうか

二〇一〇年一月二十八日　検察側冒頭陳述
被告は殺傷能力の高いナイフなどを凶器とするため六日に雑誌で見つけた福井市のミリタリーショップでダガーナイフ一本、折りたたみ式ナイフ一本、ダイバーズナイフ一本、ユーティリティーナイフ三本、特殊警棒一本と滑り止めの手袋を三万四六〇〇円で購入した。／また、人をはねて殺害するための四トントラックを借りるため、七日朝に秋葉原でゲームソフトとパソコンを売却し、約七万円を手に入れた。同日昼ごろからインターネットで調べたり、夕方に静岡県内のレンタカーの営業所を訪ねたりしたが目当ての四トントラックを借りられず、沼津市のレンタカー営業所で二トントラックを八日午前八時から借りる予約をした。

——（ミリタリーショップの）店員さん、いい人だった
——人間と話すのって、いいね
どうしても言いたくなるけど
くやしいんだよな　こんなおまえが

——お前たちの力は借りない
——中止はしない、したくない
でもおまえには聴こえていたはずだよ
殺された彼らの身内の声が
(極刑を!)
(苦しんで、苦しんで死んでほしい)
——秋葉原ついた/時間です
おまえの衰弱した魂の鼓動が
手旗信号でそう世界に伝えた

二〇一〇年七月二十九日　被告人質問(二回目)の供述要旨
歩行者天国に突入すべく、トラックを発車させたが、交差点の手前で赤信号になり、それに従って止まってしまった。本能的に突入することに抵抗があって、意志に関係なく体が拒否した。青信号に変わると進み、駅のロータリーを回って反対方向に向かって進行したが、また赤信号で止まってしまった。/

本来は交差点を曲がって歩行者天国に進入するはずが、信号が青でもハンドルが切れず、そのまま進んだ。〔中略〕／三回目に通過した後、事件を起こしたくなくて、掲示板に書いた事件を中止できないか考えた。このまま秋葉原を離れて沼津まで戻ってレンタカーを返そうかと考えた。そうしたところで、その後、自分の居場所がどこにもないことに気付いて、結局やるしかないのかという方向になっていった。

それは夢　悪い夢
居場所がないおまえはうようよいる
うようよいるおまえは悪い夢の続きをみている
真夜中の路地をさまよい
影のようになってうずくまる
うようよいるおまえに手を差し伸べるものなどだれもいない

註　本作品を書くにあたって東奥日報「東奥Web」のニュース特集「秋葉原無差別殺傷事件」を参照し、同事件犯人が事件直前まで携帯専用レンタル掲示板 Megaview の「究極交流掲示板（改）」に書き込んでいた文面、および裁判公判記録を引用した。

「未来の子供」旅団

夏の夜明けの新青梅街道
道路の向こうのファミリーマートへ
ミネラルウォーターを買いに渡ろうとしたとき
プラタナスの街路樹に無数のムクドリ
鳴き声があまりにけたたましく
あれは本当にムクドリだったのか
それとも前兆だったのか

（わたしは東京都新宿区西落合に居住しているが、今、世界と通信が途絶しているので、
新宿区に起こっていることを記す。）

夏休みになる三日前
新宿区立○○小学校四年二組の児童三十一名と引率の若い女性教師は
区内の○○食品工場を見学した
製品がどのように加工され商品として出荷されていくかの工程を
子供たちは熱心に見入った
午前十一時少し前　見学を終えた子供たちは会議室に通された
訪問を受けた会社は自社のプリンを食べてもらおうと思ったのだ
そのプリンを準備するわずかの時間に
教師とひとりの女の子をのこして子供たちはいなくなっていた
ふたりは昏倒していて意識を回復したのは数時間後であった

（引率の教師の話）

――あの子たちは壁のなかから現われました。ボーイスカウトやガールスカウトに似た制服を着た十人くらい。未来からきたと言いました。「何がタービンを回しているのか、タービンは何で回っているのか。その答えが僕らの考える答えでない限り、この子たちを未来に隔離する」。そしてこう言いました。「僕らの任務は、日本人と外国人とを問わず、新宿区に居住する二万七千人の十五歳未満の子供たちを未来に隔離することだ。僕らの仲間は、近いうちに大勢でやってくる。なぜ隔離しなければならないかはあなたがた大人がよく知っているはずだ。隔離が一時的なものになるか、永続するものなのかあなたがた次第だ」。未来の子供のひとりが、手のなかにあったなにかを頭上に投げました。するとそれはふわりと網のようにひろがり私のからだをつつみ、私は気を失いました。あ、その前にこうも言われました。「抵抗しなければ、しばらく眠ってもらうだけだ。でも抵抗が悪質だったら、現在と未来の間に永遠に宙吊りにされる」。

(ひとり残った女の子の話)

――お母さんがもうすぐ帰ってくるから、あたしは未来にいけないの。お母さんはしばらく出かけているけれど、必ず帰ってくるの。そう言ったら、なにかやわらかいものが私をつつみ、あ、お母さんだ。お母さんといっしょにいるんだと思ったの。目が覚めてがっかりしたわ。でもお母さんは、もう帰ってくる。

(引率の教師の話)

——（少女がいないところで、小さな声で）お母様は家を出られた日にみえました。何度も娘をよろしくと言って行かれました。どういうご事情かは分かりませんが、あの子はお母様としばらく会えないんじゃないでしょうか。

新宿区は見ようによっては
象が前脚を上げ鼻を持ち上げている格好をしている
左上（北西側）の鼻の先が西落合のわたしの家だとすると
下（南側）の腹部が東新宿にあたる
この十数年ほどの間に都営大江戸線、東京メトロ副都心線が東新宿に乗り入れた
その日の宵の口　わたしにとってはまったく不案内な東新宿駅の上の
タリーズコーヒーで古い友人と落ち合うことになっていた
彼は東新宿駅の近くのビルの一室に引越し　編集プロダクションを構えていた
数日前、久しぶりに一献傾けたい旨の連絡があった
この事件の起こる前のことだ

（テレビも見ない、新聞も読まないわたしは、迂闊なことにことの重大さをよくのみ込めていなかったようだ。）

タリーズコーヒーは臨時休業だった
それだけでなくまわりの店も大方閉まっていた
車の往来は少なく　ひと通りはまばらでみな急ぎ足にみえた
わたしはケータイで友人に電話した
するといきなり男の子の几帳面な声が聴こえてきた
——何がタービンを回しているのか、タービンは何で回っているのか。その答えがもらえなかったから今夜「未来の子供」旅団は、新宿区の子供二万七千人を未来に隔離するために、時の壁を抜けて侵入する。我々に抵抗するもの、それも悪質な抵抗は厳しく処罰する。
彼らは現在と未来の間に永遠に宙吊りにされるだろう。
わたしは今来た東新宿駅の階段を降りた
いつの間にか防火シャッターが下りていて行き止まりになっていた
ケータイが鳴った

冷静な大人の声が聴こえてきた
——必要な時に君を家までナビゲートする。ケータイをマナーモードにして、こちらからの着信を必ず確認できる状態にしろ。
君は誰だというわたしの質問を無視して
——「未来の子供」旅団は大人に対して憎しみを持っている。出くわさないにこしたことはない。できるだけ大きい道を避けて路地を抜けろ。この階段を上がり、すぐ右折して路地に入れ。
むしむしとし空気が澱んで感じられた。
ホテルアネックス、ホテルニューエレガンス、ホテル松月……。
さらに進むと大きい道に出た
左手のさらに大きい道と交差点を見てあわてて身を隠した
制服を着た「未来の子供」旅団がうようよいるのだ
ケータイが振動した
——新宿六丁目交差点付近に「未来の子供」旅団約一二〇集結。明治通りはもう通れない。引き返し、この先を左斜めに入る路地へ入れ。

斜めに入る路地もラブホ街だった
左手に新宿バッティングセンターの赤いネオンが輝きを増して見える
だれもいないバッティングセンターのネオン
ラブホ街を場違いに五人連れの子供たちがふざけながら通っていく
彼らはどこかに集合して未来に連れて行かれるのだ
それはどこか
分かったとしてわたしに何ができるのか

街はひっそりとしていた
私は急いで職安通りを反対側に渡りコリアンタウンの路地にまぎれた
二度子供たちとすれ違った　彼らの表情に屈託はなく
はっきりと目的の場所に向かって歩いているようだった
新大久保駅の近くのＪＲのガードを抜けて大久保駅南口に着いた
さらに路地を進んでゆくと春山記念病院のところに出た
ところが小滝橋通りと職安通りのぶつかる交差点のまわりに

多くの「未来の子供」旅団が集結していたのだ
あとずさりしながら私は家と家との隙間に入り込んだ
しきりに子供たちががやがやと夜の街を過ぎて行った
ほんとうに二万七千人の子供が未来に連れて行かれるのか
ケータイが振動したのは真夜中を過ぎていた
——北新宿百人町交差点付近の「未来の子供」旅団約二〇〇は、それぞれの持ち場へ移動した。急いで交差点を渡り、できるだけ大きな通りを避け路地を歩いて家に向え。繰り返すが彼らは君たちに憎しみを持っている。もし路地で出会ったとしても、決して目をあわせるな。目を伏せて道の端を歩け。
言われたとおり路地を選んで新宿の街を東進しときに南下しまた北上した
それにしても新宿とは不思議な街だ
延々とラブホ街が続き
いつの間にかコリアンタウンが増殖し
再開発でタワーマンションが立ち並ぶ
一方で取り残されたように古い木造二階建てのアパートが並んでいるのだ

ようやく家が近づいてきた
前方に西落合図書館がみえる　明かりがもれている
不意に動悸がしてきた
図書館の入口に何十足かの子供たちの靴が乱雑に脱ぎ捨てられている
一階の開架式の図書室
その奥の児童書の置いてある部屋
だれもいない
二階の閲覧室に上っていった
だれもいない
だがついさっきまで子供たちがいた気配
学校　幼稚園　保育園　児童館　それに図書館
子供たちはこんな場所に集められ　未来へ連れて行かれたのだ
「未来の子供」旅団の言いたいことは分かっている
わたしたちは確かに失敗した

科学を過信していた　というよりも油断していた
わたしたちは猛省したうえで未来を築かなければならない
けれども未来からの警告
というより恫喝を受け入れるわけにはいかない
未来とは今生きているわたしたちがつくるのだ

何かが軋る音が聞こえる　軋る音
隣の公園のブランコの音と気づいてわたしは降りて行った
暗闇にふたりの子供
よく見ると三十年前に西落合に引っ越してきたばかりの四歳頃の私の息子
それに同じ歳の姉の娘ではないか
ふたりを強く抱き寄せて思わず涙がこぼれた
息子が言った
――お母さんがいなくなっちゃった　お父さんを待っていた
めいが言った

――お母さんが帰ってこないの　おじちゃんを待っていたの
ふと人の気配がした
七、八人の未来の子供たちに囲まれていた
――この子たちがお父さんの帰りを待つと言ったから少し待った
一番年長の男の子が言った
怒りがこみ上げてきた
――そんなに未来はよいところかい
すかさず表情をかえないでその子は答えた
――今よりはずっと
さらに言った
――あなたにも責任がある
間をおかずに隣にいた女の子が手のひらから何かを宙に向かって投げた
わんぴいすばくだん　と聞こえた
わんぴいす爆弾
ワンピース爆弾

不穏な名前に聞こえた
（わたしは悪い夢を見た。もちろん新宿区は世界と通信が途絶などはしていない。未来から子供たちが侵入し、新宿区の二万七千人の子供を連れ去ったなどという荒唐無稽な話はない。）

夏の夜明けの新青梅街道
ひどく喉が渇いていた
道路の向こうのファミリーマートで
ミネラルウォーターを買って一息に飲んだ
街路樹のムクドリの鳴き声がうるさい
木を揺すれば百羽の鳥がのろのろと近くの電線に飛びうつる
埃っぽくなまぬるい夏の夜明けの風
この世界に心地よいものなどなにもない
なにもありはしない

CQ I CQ

——二〇一三年に出会った君たちへ

その年の四月、わたしはある出版社から『戦後思想私記』という本を出した。わたしが若いころ強い影響を受けた人たちの思想について書いたものだったが、それにまつわる一九七〇年前後のわたしの関わった学生運動、全共闘体験についても記した。それはこの本の、もうひとつの主題といってよかった。全共闘はその延長上に連合赤軍の同志殺しを生んだ。わたしたちはその総括もせず、社会に出て会社人間になり、政治的に無関心な小市民になり果てたのだと言われ、上の年代からも下の年代からも評判が悪い、ということになっている。この本を寄贈した年長の知り合いは、「おめおめとよくこんな本が出せたな」とわたしを面罵さえした。実際に、この本はほとんど話題にならなかったので、出版社には申しわけないことをしたと思っている。ただそれは、わたしにとっての今日につながるかけがえのない体験で、なかでも某党派から独立した小グループの活動は、わたしの大学入学時にはほぼ終焉していたにもかかわらず、大きな影響を与えた。そのグループにまつわる〈血と汗と涙〉の体験を、わたしのまわりで共有したのは数人にすぎなかった。

その数少ない体験を共有するひとりとして、同学年のミチコさんがいた。彼女は大学卒業後、小学校教諭になったが、八〇年代から東京都新宿区××町のバー「ジル GILLES」に勤めていた。わたしたちよりいくつか年長のサトコさんは、ミチコさんからその店のオーナーとして紹介された。ミチコさんがなぜ教師を辞めたのかは分からないが、どうして彼女のもとで働こうと思ったのかはよく分かった。サトコさんには時代のキッチュなものをも包み込むような知性が感じられ、よい意味でのサロンをつくろうとしているのだと思った。事実、「ジル」はさもしい文化人のたまり場なんかにはならず、ニュートラルな感じのいい店として繁盛しているようだった。もっともわたしは常連ではなかった。何度か立ち寄ったことはあったが、会社を定年退職してから、しばらく足が向かわなかった。わたしは『戦後思想私記』をミチコさんにわたすかどうか——もう過ぎ去った日のことだという思いと、今に生きている過去というものはあるのだという思いのはざまで、逡巡した。梅雨冷のその日の夕刻、思い立ってわたしはミチコさんに本を届けるために家を出た。霧のように降りだした雨は、「ジル」に向う地下鉄の駅を降りると本降りになった。こんな日がよい。こんな日に、雨のなかで本を渡し、その記憶を消すように雨のなかを帰ってくる。読んでも、読んでもらわなくても構わない。それにしても一冊の本を渡すのに、どうしてこんなに韜晦しなければならないのか。その日、ミチコさんはまだ店に出ていなかった。

CQ CQ
CALL TO QUARTERS
CALL TO QUARTERS
誰カイマセンカ
誰カイマセンカ
応答願イマス　応答願イマス

いらっしゃいませ　こんばんは
こんな雨のなかをようこそ

お客さん　この店はじめてじゃないですよね
ボク　ジルっていいます
そうこの店と同じ名前です　源氏名ですけど
高校のころからみんなボクのこと　ジルっていいます
サトコさんのお知りあい？
それともミチコさんの？
そう　ふたりともご存じなんですね
サトコさんはね　ボクのおばあちゃんだけど
もう三カ月近く前に脳梗塞で倒れて入院しています
話すことも自分で身体を動かすこともできない
口から食事を摂ることができないんで
胃に直接栄養を入れる管をつけているんです
サトコさんが倒れてからミチコさんを手伝っています
ミチコさんは　基本的には六時には入ることになっているんですが
このところ八時から　ちょっと用事があって今日は十時に来ます

ボクが六時に店を開けるんですが
大学の授業があるから早い時間だけ手伝っています
サトコさん　今の病院にいることができないっていうんで
近く病院を変わります
今ずっとミチコさんにいろいろお世話になっているんです
あ　ごめんなさい　こんな辛気くさい話で
ボトルは入っていますか？　ショットにしますか
ボトルはシーバスかジョニ黒ですが
はい　シーバスですね　ありがとうございます
あ　どうも　それじゃボクも一杯いただきます
なんでボクって言うんか？
「アタシ」って言いそこなったから（笑）
うーんと　ボクが男だからですよ
気味悪い？
カワイイ！　ですか　うれしいな　ありがとう

どうして女の子の格好をするかって？
ボクは必要があれば男の格好もします
ユニセックスな服装のときが多いですけどね
男からも女からも自由でいたいんです
納得してもらえないですよねえ　こんなこといったって

去年の夏　二カ月だけガールズバーで女の子として働いたんです
自分が女の子として完璧に通用するかどうか試してみたかった
バレなかったんです
お客さんにも　お店の女の子にも　店長にもね
ただボクを見破った子がひとりだけいたの
実はボクもその子を見破っていた
お店にいたボーイの子　「彼」は女の子だったんです
ボクが辞めた日にその子と朝まで飲んだの
その子は幼稚園のときから自分の性に違和感をもっていたんだって

なんで男の子はブルーのスモックを
女の子はピンクのスモックを選ばされるのか
その子　中学にあがるとき
スカートをはかなくちゃならないことが恐怖だったんだって
結局ずっとジャージで通したそうだけど
こんな理不尽な苦しみってノンケには絶対分からない
あ　お客さんに絡んでいるんじゃないんですよ

ミチコさんに聞いた話ですけど
一日中雨が降っているときはお客さんは入るけれど
夕方から雨が降ると出足が止まるんだって
今日はきっとそんな日ですよ
遅くなって二、三人くらいお客さん入るかな
お客さんの話を聞くのがボクの仕事なんだけど　変だなあ
今日はお客さんにボクの話を聞いてもらいたい気がします

ごめんなさい　いいですか
グループサウンズのブームってお客さんの時代ですよね
サトコさんがバンドのボーカルをやっていて
ちょっとだけテレビに出ていたって話　知っていますか？
そう　やっぱり知っているんだ
ビートルズのカバーなんかもやっていたらしい
サトコさん　英語だけでなくて語学が堪能なんです
彼女はブームが去ったあとフランスに渡った
ミュージシャンなんかを日本に呼ぶ仕事に関わったんだって
そこでフランス系ユダヤ人　つまりボクのおじいちゃんと知り合って結婚した
ジルっていうこの店の名前は　おじいちゃんの名前です
ジルさんとはずいぶん歳が離れていたって聞いたけど
おじいちゃんが亡くなって
一人息子　ボクの父さんと日本に帰ってきたんだって
父さんのためにはフランスに残ったほうがよかったんだろうけれど

どんな事情があったのかよく分からない
だからボクはクォーター　純粋の日本人じゃないんです
父さんですか
父さんは寿司職人
副都心線ができるまでは店を構えて寿司屋やっていたんだけれど
何年か前　近くに駅ができて土地が高く売れるっていう
そんな小バブルの時期があったんだって
父さん　さっさと店を売ってフランスに帰っちゃった
その資金をもとにパリで寿司店を出しているんです
パリ在住の日本人が中心の店で
うまくいっているらしいんだけど　ボクはまだ会いにいっていない
父さんはサトコさんの具合が悪くなっても帰ってこない
ボクね　父さんのことが理解できるような気がするんです
だって彼は十二歳までフランスにいたんですよ
アイデンティティを無理やり引きはがされるようにして

日本に連れてこられた
多分父さんを日本につなぎとめたのはSUSHIだったんだろうと思う
SUSHIは大好きだったんだって
ジルさんとサトコさんと三人でSUSHIを食べに行くこと
それがなにより楽しみだったってボクに言ったことがある
父さん　いきなり日本に連れてこられて
まず言葉が分からない　習慣にとまどう
何とかSUSHIの文化を学ぶことで
日本に同化しようとしたんだろうと思う
母さん？
母さんはワンレンボディコン　イケイケギャル
ボクらはバブルっていう時代がよく分からない
ボクら不況ネイティブはねえ
母さん？
ええと母さんはね……

CQ I CQ
SEEK YOU I SEEK YOU
SEEK YOU I SEEK YOU
探していますあなたを探しています
母さんあなたを探しています母さん
あなたに逢いたいんです母さん

ボクには小学校に入る前の記憶がない
そう言うとみんなにびっくりされるんだけど
本当に記憶がないんです
そのころはもう父さん　別の女のひとと暮らしていたから
ボクは母さんと二人で暮らしていたみたいです
ボク　母さんに虐待を受けていたんだって
そのことに最初に気がついたのはサトコさんだった

ぶたれたことでできた痣か　つねられたことによってできた痣か
ボクの身体にいくつもの痣があった
サトコさんは母さんを問い詰めた
けれど母さんはぶるぶるふるえながら
虐待したことを絶対に認めなかったって
その日のうちにサトコさんはボクを自分の家に連れて帰った
本来はボク　父さんの家に引きとられるはずだったんだけど
一時的に預かるはずだったサトコさんの家に　今日にいたるまでずっといる
サトコさんってさ　一種ゴッドマザーみたいなところがあってね
家にはいろんな人が出入りしていた
居候しているひともいた
だからサトコさんが仕事でいないときは
だれかがボクの面倒をみてくれたんです
（お客さんには、母さんの記憶がないといったけれど、抱かれて胸の鼓動を聴いていた記憶、好き好き好き！　っていわれて頰ずりされた記憶、やわらかい丸っこいおっぱいを触った記憶、あれは母さんの記憶ではないのか。どうしてボクの母さんの記憶には顔がないのか。中学にあがったころだった。サトコさんも誰も家にいないとき、何度か母さんの写真を探したことがあった。あるとき「未整理」と書かれた袋から、母さんと思しき写真を何枚か見つけた。何人かのなかで赤ん坊のボクを抱いている写真があった。モミジのようなボクの手を握っている写真もあった。だけどボクには、やっぱりそのひとは知らない女性だった。ボクは悲しかった。胸をかきむしりたくなるほど悲しかった。母さんなぜボクをぶったの。なぜボクをつねったの。そのことは責めないから、ボクは母さんに逢いたい。逢いたい。逢いたい。逢いたい。）

あ　ぼーっとしていてすみません
眠たいんじゃないですよ
あ　チェイサーがなくなりましたね
替えますね

SEEK ME I SEEK ME
SEEK ME I SEEK ME
探している　ボクを探している
探している　ボクを探している
なぜボクはボクではないの　ボクはだれなの
返事を下さい　返事を下さい

サトコさんはどんなに仕事で遅くなっても
朝七時にはピタっとボクを起こした
それもビートルズの曲で起こすんです
SGT.PEPPERS LONELY HEARTS CLUB BAND とか
LUCY IN THE SKY WITH DIAMONDS とか
GOLDEN SLUNBERS　MAGICAL MYSTERY TOUR　STRAWBERRY FIELDS FOREVER
そういう曲で起こされる

なぜ後期のビートルズかっていうと　音楽的に質が違うっていうんです
サトコさんは　英語はビートルズで覚えたって言っていたけれど　それ本当
ボクもapologize〔謝罪する〕なんて単語を中学一年の時に覚えたんだから
だからボクも英語だけは得意なんです
ボクは高校中退したあと高認
以前の大検のことですよ　その高認に受かった
今の大学に入れたのは英語のおかげだと思います
ＴＯＥＩＣで高いスコアを出すと入試に優遇措置があるって聞いて
受けてみたら八三〇点だった
将来？
英語を生かす職業ねえ
国際線の飛行機のパーサーになりたいと思ったこともあったんだけど
うーん　どうだろう

ボクはいつごろからっていえばいいのか

多分小学校のころからだと思うんだけれど
女の子が男の子をみるような目で男の子を見ていた
ボクはほかの人と違うんじゃないか
そういう不安におびえていたっていうか
中学に入るころになると　みんなぼんやりと異性に目覚めるでしょう
ボクにはどうしてもそんな感情がわかなかったんだ
中学二年で精通があったんだけど
ボクが思い浮かべていたのは　知っている男の子だった
高一のとき　学校の女の子に誘われて寝たんだよ　でもできなかった
もう一度　大学生のおねえさんに誘われたんだけど　やっぱりできなかった
そのひとボクを慰めてくれたんだけどね　違うんだよ
ボクはその腐ったアワビが嫌いなんだ
そう言いたかったんだよな
いけないな　ボク　タメ口になっていますね
ボク　今日こんなに話しやすいのはなぜだろう

お客さんって　ひょっとしてカウンセラー（笑）

中学の時は吹奏楽部
高校は軽音楽部に入ったんです
もともとピアノはいつのまにか覚えたし
家に出入りする人のなかにはミュージシャンも多かったから
ギターの弾きかたとか　太鼓のたたきかたとか教えてもらったの
軽音は楽しかったし今でも好きだけどね
高一のハロウィーンのとき
軽音のみんなと仮装パーティやろうって話になったんです
ボク　パーティに参加するつもりで
仮装についてはなんの準備もしていなかった
そうしたら友達が反則だ　反則だって言い出して
たまたま余っていた赤ずきんちゃんのコスプレをすることになったんです
着替えの部屋でウィッグをかぶせられ　赤ずきんちゃんの服を着せられ

目を閉じて女の子たちにメイクをさせられているうちに
「へー」とか「エー」とか「ウッソオ」とかいう声が聞こえてきました
目を開けて鏡をみるともうひとりのボクがそこにいた
しびれるような解放感を忘れることができません
たかがコスプレじゃないかと思うでしょうけど
本来の自分を取り戻せたようで
自分がすっごく自由になれたようで
涙ぐんでしまったんだよね

赤ずきんちゃんのコスプレ以来
ボクにメイクしてくれた女の子たち　彼女たちとぐんと親しくなった
自然にボクを含めた同学年の五人でバンドを組むことになったの
彼女たちはコスプレしたときボクが涙ぐんだことを知っていた
ボクは何を苦しんできたか
どうして自由を感じたのかを包み隠さず話した

彼女たちはボクを受け入れてくれた
そしていろんなことを教えてくれた
女の子の身体はなんでウェストがくびれててお尻が大きいのか
男の子のウェストはなぜくびれていなくてお尻が小さいか
そんな男女の身体の構造の違いから
メイクの仕方　女の子の服の選び方までね
軽音のなかでも　ボクらはもう完全に秘密結社だった
「東京事変」とか
「サディスティック・ミカ・バンド」のカバーをやっていたんだけど
なにか自分たちのオリジナルもやりたいね
そんな相談をしていたら「ぼくはジル」というタイトルが浮かんできてさ
ジルというと女性の名前のように聞こえるけれど
おじいちゃんの名前のつづりはGILLES　男の名前
SをとってGILLEとすると女性の名前にもなるようです
発音は同じ

「ぼくはジル」って歌は　まあカミングアウトのつもりの歌
サビのところはこんな感じ

——ぼくはジル　GILLES　ジル
　ぼくはジル　GILLE　Sのつかないジル
　男と女の垣根を超えていきたいジル
　男からも女からも自由になりたいジル

ボクら秋の学園祭を目標に夏休みは猛特訓した
軽音のなかでも　ボクらがダントツでなければならないと思っていた
ボクはピアノとドラムを担当した
最後に「ぼくはジル」をボクのボーカルでやる
そのときはキーボードの子がドラムにまわる
学園祭の二日間　演奏を二度する
最後までかくしていたんだけれど

ボクらは女の子の五人のバンドで出演したんです
つまりボクは女の子の格好で出演した
二日目は噂を聞きつけてホールがいっぱいになるほど盛況だったんです
でも「ぼくはジル」の本当の意味が伝わったんだろうか
ボクら　ただのイロモノで終わったんじゃないだろうか

（学園祭が終わって一週間ほど経って起こった事件は、お客さんに話さなかった。ボクの通う学校は制服がなかった。進歩的と目される校風があったけれども、本当はどうなんだろう。その日、帰ろうとしていたとき、渡り廊下のところで、生徒指導の、いつも充血した目の、ずんぐりした教師に呼び止められた。「……はどっちを使っているんだ」、なにかよく聞き取れなかったので　ボクは、はあという顔をした。「女子トイレか」。ボクはそのころ　すでにユニセックスっぽい服装はしていたし、茶髪の毛は長く　眉も細くしていた。おまけに学園祭では女の子の格好をして演奏して目立っていた。これまでもボクを遠巻きにからかう連中はいたけれど、ありのままのボクと付き合ってくれる仲間もいたから平気だった。教師は本気で、ボクが女子トイレを使っているんじゃないかと思ったんだと悟った。わなわなするような怒りがこみあげてきて、やっとのことで絞りだすように「ボクはヘンタイじゃない」といった。もう一度、今度は大きな声で「先生、ボクが女子トイレに入るのを見たの！」と叫んだ。彼はボクの視線を避け、なにか口ごもりながら、そこを立ち去ろうとした。「待てよ！」、その手を摑んだが、振りほどいた教師は職員室に逃れようとした。ボクは必死で追いかけた。唖然として見ている生徒たちの顔、何事が起こったかと職員室で立ち上がる先生たちの顔、取り押さえられて何事か叫んでいるボク……。家に帰ると、灯りもつけずにリビングにサトコさんが坐っていた。「学校から電話があって、明日の朝八時に校長室に来るようにってことだったけど。何があったの」と静かにいった。サトコさんは、ボクが女の子を性の対象にできないことを、ボクより前に知っていたのかもしれない。ボクがユニセックスっぽい服装をしはじめた時も、一切干渉しなかった。ボクは嗚咽して、その日あった話をした。彼女はじっと話を聞いたあと、「わかったわ。あなた、あんな学校やめなさい。大学には、大検をとっても行けるわよ」といった。あんまりあっさりした物言いだったので、ボクはコクンと首を縦にふった。翌朝、サトコさんが校長室でいったことは違っていた。無期停学と反省文を書くように申し渡そうとした校長の話を遮って、「冗談じゃありませんよ。うちの孫は偏見にさらされ、変質者扱いされたんですからね」といった。そして校長の脇に控えていた、充血教師に向かって「あなたなの、うちの孫を侮辱したのは」とその目を射抜くようにいった。彼はすでに青ざめていたが、追い打ちをかけるように「いいですか、孫の名誉のためにただちにあなたと」と充血教師を指さし、校長に向き直って「この学校を訴えますからね。無期停学なんてとんでもない。孫に謝罪してもらいます。徹底してやりますからね」と張りのある声で言い置いて、さっと身を翻すように校長室を出た。あとを追いかけながら、ボクが「サトコさん、本当に訴えるの」と聞くと、ふふんとせせら笑うように「馬鹿馬鹿しい。時間もお金も無駄。おどしただけよ」といった。ボクは退学の手続きをとったが、そのあとちょっと面倒なことが起こった。バンドの他のメンバー四人が「うちらもやめる」と言い出したのだ。それだけは困る、君たちは残って欲しい。サトコさんにも説得してもらってやっと慰留したけれど、この四人は死ぬまでボクの大切な友達だ。）

CQ I CQ
SEEK YOU I SEEK YOU
SEEK YOU I SEEK YOU

探していますボクは君をさがしています
探していますボクは君をさがしています
大事なパートナーを探しています
応答願います応答願います

ゲイタウンとして二丁目は通俗化したっていわれるけれど
夏休みになると地方から出てくる子もいてね
ビックス新宿ビルの脇の道からずっと続くガードレールに
男の子たちが鈴なりに坐っているんです
みんな誰かを待っている
パートナーを求めて待っている
そのなかのひとりがボクです
ボクはゲイ性の対象は男
ただねボクは男として男に抱かれたい抱きたいのか
女として男に抱かれたい抱きたいのか

よく分かんないんです
ボクはホルモンを打ったことがない
けれどもあるときは豊胸手術をしたい
睾丸をとってペニスもとって女性になりたいと思う
翌日にはそんなことを思った自分を嫌悪する
病院で診てもらったときに言われたんだけど
性自認が揺らいでいるんだって
性別違和　性同一性障害
病名がはっきりしたからって苦しみが消えるわけではないですよね
苦しみは消えないけれど
男からも女からも自由であることが少しでも認められる社会であるならば
ボクはまだ呼吸ができる
こんなボクでも心底理解しあえるパートナーがいてくれれば
ボクは生きていけると思うんです

雨　だいぶ小降りになってきましたね
お客さん　ありがとうございます
はじめてなのに　こんなややこしい話を聞いてくださって
あ　じゃあもう一杯いただきます　薄目で結構です
帰ってひとつレポート書かなきゃいけないから
話は変わるんですが　このあいだあるお客さんから
人間は話すことができなくなっても　意思を伝えることができなくなっても
耳は聴こえているんだよって話を聞いたんです
そのあと　サトコさんのお見舞いに行ったとき
紙を丸めてメガホンにして
「サトコさん　おはよう　ごきげんいかがですか」っていったら
顔をしかめて実に嫌そうな顔されたんですよ
ショックだったなあ
え！　声が大きすぎたんですか　あ　そうかもしんない

梅雨冷のその晩、わたしは思いがけず、何の屈託もなさそうにみえたこの「美少女」の話に衝撃を受けた。人間苦の話に圧倒された。そしてわたしのサラリーマン生活を振り返った。わたしの周りでは、自ら性的マイノリティであるとカミングアウトした人間を知らない。それはそうしたひとがいなかったのではなく、言い出せる環境になかっただけのことではないか。二十年ほど前、大きい仕事が終わった打ち上げの飲み会のあと、どんな話のはずみからかゲイバーへ行ってみようということになった。男だけ四、五人のグループで入った二丁目のその店で、わたしは、あっと思った。二人ずつのスーツ姿のカップルが何組かいて、いっせいに（と感じた）わたしたちから顔をそむけたのだ。背中で、あんたたちノンケが来る店じゃないよ、そう言われたように思った。近年、おネエ系タレントが増えたが、それは彼らのそれぞれの才能がテレビ界の需要と一致したということに過ぎず、性的マイノリティが社会的に認知されているということではないだろう。今でも会社組織というものは、性的指向の健常な？　均質な人間集団を前提になりたっているのではないか。わたしの知らないところで苦しんでいるひとたちは、まだまだたくさんいるはずだ。そんなことを思いながら、わたしはバー「ジル」をあとにした。翌日の昼過ぎ、ミチコさんからケータイに電話があった。彼女はせっかく来てくれたのになぜもう少し待ってくれ

なかったのかといい、あなたが預けていった本にはさんであったメモと、付箋の立ってい
た章はとりあえず読みましたといって話をした。

コンドウくんがいうように　今に生きている過去ってあるよ
あなたは全共闘批判する人たちを気にしすぎよ
たまたま私たちはあの時代に遭遇した　闘った　負けた
「シラケ世代」だってもう還暦よ
いつまでもガキみたいに全共闘批判してりゃいいってもんでもないでしょ
だいたい全共闘ったってピンキリでしょう
うん　サトコさんはだんだん弱っているね
胃瘻《いろう》をしないと療養型の病院には入れてくれないんだって
あのひと　もともとブルジョアのお嬢さんだったの
だからこそあの時代に女性がプロモートするなんて仕事がやれたのよ
ひとことでいえないけど　スケールの大きさが彼女の魅力だった
胸がすく　まあ　ある種のフェミニストなんだけど

既存のものと　にこやかに闘って決して負けなかった
「ジル」は実質的には私が切り盛りしていて
彼女にとっては　ある種社交場だったわね
ひとつだけ判断ミスがあったとしたら
ジルさんが亡くなったあと
拠点を日本に移す時期が早すぎたということかな
息子さんも寿司職人になったのは立派だったけれど
サトコさんとは　ついにうまくいかなかった

ジルくん？　びっくりした？
あの子は両親に捨てられた　のよねえ
知らない人に自分から生いたちを話すなんてきっとはじめてだと思う
コンドウくんが聞き上手になった？　ウッソオっていいたいところだけどね（笑）
「サトコさん」って呼ぶでしょう　あの子
あれふざけていっているんじゃないの

「おばあちゃん」って呼べないのよ
サトコさんじゃなくておばあちゃんでしょう　って私がいうと
ううん　おばあちゃんじゃなくてサトコさん
小さいときからそういっていたの
でもね　私はあんまり心配していないの
性自認の問題でジル君が苦しんでいるのは　私も知ってるよ
変ないいかただけど苦しむのにも能力がいるんじゃないかって
苦しんで自滅していく人間もいるけれど
自分が苦しんだことによって　他人の苦しみがわかる
深い思いやりのある人間になる
ウックシイことといっているように聞こえるかもしれないけれど
あの子は間違いなく　苦しむ能力のある深い思いやりのある人間よ
バランス感覚のある心やさしい子だから　ひとに好かれるのよ
あのころのコンドウくんのほうがよっぽど心配だったくらい（笑）

私がなんで教師を辞めたかって？　なんで今ごろ聞くのよ
うーんと　教師になりたてのころ
私　一生懸命子供たちの目線まで降りていって話をしようと思った
でも私たちはどこまでいっても対等じゃない
成績だけじゃなくて　子供の全人格を評価するのよ
教師もまた権力
そういうとコンドウくんたちはいうのよね
権力そのものはいいものでも悪いものでもない　必要なものなのだって
だけど　権力が悪いものになりがちなのはなぜでしょう（笑）
私あるときから「教え子」っていいかたが気になりはじめた
自分のよき教えによって子供たちをよき方向に導いた
なんて思い違いしているんじゃないでしょうね　私はって自問した
「教え子」なんて言葉を平気で使う教師って
自己欺瞞の最たる姿よ
それに嫌気がさしたの　哲学科出身だから理屈っぽいのかな　私

でもね　ちょっと聞いて
あのころの子供たちから同窓会に来てほしいって言われるのはうれしいわ
教師から解放された一個人として
私いそいそと出かけるもの　彼らももう五十歳になるのよね

あ　ジルくん　軽音でバンド組んでた女の子たちの話もしたんだ
四人ともよく知っているよ　金曜日だけお店手伝ってもらっている子もいるし
ジルくんは一年遅れたけれど　彼女たちみんな大学四年生
就活？　そうなんだけどどこかシラケているっていうか今ひとつ熱心じゃないなあ
私の孫っていってもいい世代だけど　かえって親しみをもつのよね
ジルくんとはまた別の悩みをそれぞれにもっている
どんな悩みかって？　そんなことはいえないよ
ただジルくんとくらべて　苦しみが大きいか小さいかって次元の問題じゃない
解決できる問題もあれば　できない問題もあるだろうけど
健気よね　ジルくんみたいにみんな苦しむ力をもっている

私たちのころもそうだったけれど　今の若いひとたちって
ひとの数ほどの悩みや苦しみを抱えているって痛いほど感じるの
迷路のような　行きどまりになるかもしれない道を
それぞれに生きていかなければならないんでしょうね
私たちよりもずっと　複雑になってしまった時代を
切ないいんだけれど
なんかみんなにエールをおくりたいんだよね

CQ CQ I CQ　I CQ
CALL TO QUARTERS
CALL TO QUARTERS
I SEEK YOU　I SEEK YOU
誰カイマセンカ
誰カイマセンカ
アナタヲ探シテイマス　アナタヲ探シテイマス

応答願イマス　応答願イマス

註　タイトルは二〇一三年度 日本大学芸術学部文芸学科 近藤ゼミのゼミ誌「CQ I CQ」から借用した。

覚書

『CQ I CQ』は、この二年ほどの間に書いた作品から八篇を収めた。「動植物一切精霊」、「再見考」、「GONSHAN」、「「未来の子供」旅団」は「スタンザ」に、「魯迅故居」は「歴程」に、「南羅鼓巷幻聴」は「江古田派」に、「アキバへ」は「イリプス」に発表した。「CQ I CQ」は未発表である。

サラリーマン生活を送った三十七年間、私はひとつの秩序、それも恵まれた秩序のなかにいた。大学の非常勤講師として出講するようになって、いろんな学生たちと知り合ううちに、そのことを強く思った。大学というところは、昔も今も他人に危害を加えない限り、思想、信条、趣味、嗜好は自由なところだ。嫌いな人間とは、つきあわなくていい。ところが、社会に出るといやでも秩序という鋳型に押し込められる。鋳型に適合しなければ、排除されてしまうのだ。たまたま私はうまく適合してきたに過ぎない。学生たちと話していると、いつのまにか私は「他者との違和」に悩み、苦しんだ二十歳のころの自分を思い出している。ところが本人に責任のない、もっと理不尽な理由で悩み、苦しみ、傷ついている学生たちは、決して少くはないのだ。「CQ I CQ」は、私にしては異例に長い五百行近い作品だが、そうした学生や若い友人、知人たちに思いをいたして書いた。

また「動植物一切精霊」、「「未来の子供」旅団」は、「スタンザ」の添田馨との連続討議「私たちはどんな時代を生きているのか」のなかで、彼の話に着想を得て書いた。本詩集の装幀を『筑紫恋し』、『果無』の時と同じく、私の若い友人、佐々木陽介氏に依頼した。本詩集また詩集刊行に際し、思潮社の亀岡大助氏のお世話になった。記して各位に感謝申し上げる。

近藤洋太

二〇一五年六月十日

CQ I CQ

シーキュー アイ シーキュー

著者　近藤洋太《こんどうようた》
発行者　小田久郎
発行所　株式会社 思潮社
〒一六二—〇八四二　東京都新宿区市谷砂土原町三—十五
電話〇三（三二六七）八一五三（営業）・八一四一（編集）
ＦＡＸ〇三（三二六七）八一四二
印刷　三報社印刷株式会社
製本　小高製本工業株式会社
発行日　二〇一五年七月三十一日